Florimond Truchet

Le Théatre en Maurienne au XVIe siècle

Antigonos

Florimond Truchet

Le Théatre en Maurienne au XVIe siècle

Réimpression inchangée de l'édition originale de 1879.

1ère édition 2024 | ISBN: 978-3-38816-008-5

Antigonos Verlag est une marque de Outlook Verlagsgesellschaft mbH.

Verlag (Éditeur): Outlook Verlag GmbH, Zeilweg 44, 60439 Frankfurt, Deutschland, info@outlook-verlag.de
Vertretungsberechtigt (Représentant autorisé): E. Roepke, Zeilweg 44, 60439 Frankfurt, Deutschland
Druck (Imprimerie): Libri Plureos GmbH, Friedensallee 273, 22763 Hamburg, Deutschland

LE THÉATRE EN MAURIENNE

au XVIe Siècle

LE MYSTÈRE DE LA PASSION DE N. S. J. C.

A St-JEAN-DE-MAURIENNE

ET

LA DIOCLÉTIANE

A LANSLEVILLARD

LECTURE FAITE

A St-JEAN-DE-MAURIENNE

AU PREMIER CONGRÈS

DES SOCIÉTÉS SAVANTES

DE LA SAVOIE

PAR FLORIMOND TRUCHET, PHARMACIEN

Archiviste de la Société d'histoire et d'archéologie de la Maurienne

St.-JEAN-DE-MAURIENNE

IMPRIMERIE VULLIERMET

1879.

LE THÉATRE EN MAURIENNE

au XVIe siècle

C'est dans les premiers âges du christianisme qu'il faut rechercher les origines du théâtre moderne.

Cette affirmation paraît être un paradoxe. Elle n'est cependant que l'expression d'un fait pur et simple, qui s'est modifié à travers les siècles selon les besoins et l'esprit des générations successives au milieu desquelles il s'est produit. En effet, la religion chrétienne, surgissant des ruines du monde romain, avait besoin d'impressionner vivement les peuples dont elle voulait faire des adeptes ; aussi chercha-t-elle par tous les moyens possibles à agir à la fois sur les sens et sur l'esprit, à remplacer en un mot l'action des cérémonies des religions antiques.

La messe n'est-elle pas la représentation dramatique du sacrifice du Golgotha? Les grandes solennités des fêtes chrétiennes n'ont-elles pas pour but de représenter dramatiquement quelques-uns des épisodes de la vie du Christ?

A une époque où l'instruction était peu répandue, où les manuscrits étaient rares et réservés seulement à quelques grands seigneurs, ou à l'usage des couvents, dans le silence desquels les moines les copiaient et les ornaient de ces minia-

tures si charmantes, si délicates et parfois si naïves, qui nous
émerveillent encore aujourd'hui , nous conservant ainsi à
travers les bouleversements du moyen-âge les œuvres de
l'antique civilisation de la Grèce et de Rome ; à cette époque,
dis-je, les clercs, ou le clergé, seuls ou presque seuls savaient
lire et écrire; et pour apprendre à des hommes pour qui les
avantages physiques semblaient préférables aux qualités mo-
rales, pour apprendre à ces grands enfants les enseignements
de la religion nouvelle, ou les maintenir dans son giron, ce
n'était pas trop d'avoir pour temples de magnifiques édifices
ornés de sculptures, de peintures, de mosaïques, de chato-
yants vitraux, ce n'était pas trop de costumes dorés, ornés
de pierreries et de symboliques émaux. Mais il fallait encore,
pour saisir tous les sens, et la musique si puissante sur l'or-
ganisme nerveux et enclin à la mélancolie de la femme, l'en-
cens du levant pour captiver l'odorat et évoquer dans les esprits le souvenir de l'Orient avec ses rois, ses horizons de
feu et ses trésors inconnus ; et enfin l'eau bénite ou lustra-
le, les agapes fraternelles ou pain bénit. Tout à l'extérieur
devenait le symbole ou d'un fait ou d'une pensée. L'homme, ainsi charmé, captivé, perdait de sa férocité naturelle
et faisait un pas vers la civilisation moderne en rendant des
actions de grâce à ce Dieu des chrétiens qui lui faisait éprou-
ver de si douces jouissances.

Tout fut dramatisé dans les récits bibliques et évangéliques ;
la nativité du Christ, surtout, fournit matière à des motifs de
décor tout nouveaux d'où les animaux ne furent pas exclus,
et l'on vit entrer sur la scène religieuse, avec les rois de l'O-
rient, le dromadaire et le chameau.

Les fêtes de Noël, de l'Épiphanie, des Innocents, la fuite
en Egypte devinrent le sujet d'une foule de petits poëmes
ou noëls souvent écrits en patois du pays.

La représentation de l'entrée triomphante du Christ à

Jérusalem, le jour de la fête des Rameaux, est encore aujour-
d'hui usitée dans l'Eglise. Enfin la passion de cet Homme-
Dieu, la bonté même, l'amour incarné, ses souffrances au
jardin des Oliviers, chez Pilate, au Prétoire, le grand déici-
de du Calvaire, les S^{tes} femmes au tombeaux, sa résurrection
et son ascension, forment un drame immense et sublime, le
le drame d'un homme, d'un Dieu, mourant pour la rançon
de l'esclave, comme pour celle du seigneur son maître !

La représentation du Mystère de la passion de N.-S.-Jésus-
Christ durait plusieurs dimanches de suite et exigeait une
foule d'acteurs.

Au XVIe siècle, et peut-être déjà auparavant, le Mystère
de la passion fut représenté dans plusieurs communes de la
Maurienne, entr'autres à St. Jean, à St. Michel, à Modane et
à Bessans.

Les Mystères en langue vulgaire datent du XIIe siècle. On
joua des Mystères à Paris, lors de l'entrée de Charles VI, en
l'an 1380.

En 1402, les *Confrères de la Passion*, qui avaient le mono-
pole de ces représentations, changent leur nom pour devenir
les *Maîtres et entrepreneurs* de Mystères, en vertu de lettres-
patentes de Charles VI.

Voilà donc un élément laïque en rivalité avec le clergé ;
mais cet élément devait l'emporter et la représentation des
Mystères fit place peu-à-peu à des sujets profanes, à des *farces, soties*, plus tard jouées par les *clercs de la Bazoche* et les
Enfants sans souci, rivaux des *Confrères de la passion*. La tragédie et la comédie renaissaient donc presque simultanément,
la première, procédant des mystères soit de l'art chrétien, et
la seconde, de ces *farces* et *soties*.

Je n'entrerai pas dans le détail de la longue lutte qui s'alluma ensuite entre le clergé et le théâtre, et dans laquelle nous voyons les rois protéger les comédiens que les parlements et les conciles condamnaient ; parce qu'alors derrière le parlement était le clergé, derrière les rois était le peuple. (E. Deschanel, Vie des Comédiens).

Pendant deux siècles environ, on fit de très nombreuses copies manuscrites de ces mystères, quelquefois avec des variantes. Le premier Mystère de la Passion, celui qui a servi de type aux autres, a été composé vers le commencement du XV⁰ siècle et est attribué à Michel d'Angers, qui l'a au moins retouché. Il en existe diverses éditions gothiques qui ont paru dès 1486, et sont énumérées au *Manuel des libraires de Brunet.*

Ce Mystère est divisé en quatre journées qui ont chacune leurs acteurs particuliers ; la 1ʳᵉ a 87 personnages. Il en a été donné une analyse exacte dans la *Bibliothèque du théâtre français* (Dresde 1768. 3 vol. petit in-8⁰.)

Le Mystère de la Passion de N.-S.-Jésus-Christ fut représenté à St. Jean-de-Maurienne en 1572, mais il l'avait déjà été auparavant, à une époque que je n'ai pu établir, et Messire Guillaume de Mareschal, chanoine, paraît en avoir été l'organisateur. Je possède le manuscrit de la première journée, sur la couverture duquel on lit le nom de ce chanoine: *Guillaume de Mareschal, chanoyne de l'Esglise de Maurienne,* et un peu au dessous ces deux vers :

> A bien servir et loyal estre
> De seruiteur lon deuient maystre.

Ce volume a été percé de part en part de deux coups de poignard.

J'ai encore trouvé un autre manuscrit de l'époque intitulé: *Registre des affaires et négoces concernant le faict du diuin mystère de la Passion, mort, et resurrection nostre Seigneur Jésuschrist deuant estre représenté en la présente cité Sainct-*

Jean-de-Maurienne. C'est de cet intéressant document que j'ai tiré le récit de la *fabrique* du Mystère qui va suivre.

Le mercredi, 5 Novembre 1572, dans la maison capitulaire du chanoine Mareschal, s'assemblaient sous sa présidence: Messire Boys, aussi chanoine et comme lui député du clergé; Messeigneurs Jean Amed du Molard et Claude Michaelis, députés de la noblesse; Messieurs Mathieu Dapurieulx, Catherin Bertrand et Jean-Antoine Canal représentants de la bourgeoisie et du tiers-état, pour établir la liste des cotisations destinées à couvrir les frais de la représentation du Mystère, qui fut ainsi arrêtée:

1° Les *chanoynes*, au nombre de quatorze.

2° Les *prebstres*, au nombre de dix-neuf.

3° Les nobles au chiffre de vingt-huit.

4° Enfin les bourgeois et le tiers-état dont la nomenclature occupe plus de vingt-cinq pages où ils sont classés par ordre de rues, et arrivent au chiffre de quatre-cent-trente-trois personnes.

Le vendredi suivant les mêmes députés ou commissaires s'étant de nouveau réunis dans la maison d'honnête François de la Croix, « *afin de procéder à la détraction des personnes miserables, ont aduisé detraire tant seulement les personnes qui vont mendiant.* » Les commissaires du clergé promettent de déposer le rôle de leurs collégues dans la journée même, et les nobles déposent le leur incontinent, puis « *par naturel consentement des assistantz,* l'assemblée s'ajourne au dimanche suivant. Dans cette réunion on ajoute au rôle du tiers-état les trois greffiers des cours spirituelles et temporelles de l'évéché et l'on arrête à la somme de *deux escus à cinq florins pièce,* la quote part de chaque personne du tiers-état.

Messire Claude Michaëlis accepte la charge de trésorier de la noblesse, et les représentants des autres corps d'état choisissent aussi chacun leur exacteur particulier pour la perception de cette cotisation.

On décide que les livres et *roolles* du dit Mystère seront retirés des mains de Damoyselle Janne veuve de M. Anthoine Baptendier, docteur en droit *qui les auroit corrigé et traduit*, c'est-à-dire copiés, *à moindre frais que faire se pourra.*

Le mercredi suivant, malgré l'absence de deux commissaires, les autres s'en vont prier M. Pierre Rapin, courrier et juge commun de la présente cité, de les accompagner chez Mme de Baptendier, où ils se rendent en effet, pour conclure le marché des livres et des rôles du Mystère en question, que feu M. l'avocat de Baptendier avait copiés sur des originaux venus de loin et à grands frais. Mais voilà que tout à coup on apprend à M. de Rapin le décès de M. Jean-Louis de Collo (du Col), son beau-frère, *le corps duquel on auroit treuvé néyé entre deux grosses pierres près le Pontamafrey, en la rivière d'Arch,* ce qui n'empêcha pas les autres commissaires du tiers-état, de requérir Mme de Baptendier de leur communiquer les livres du Mystère, ce à quoi elle se refusa, si on ne payait les dépenses faites par son mari. Enfin après des pourparlers, il fut convenu que Mme de Baptendier les prêterait jusqu'à la fête de St. André, ou bien qu'ils lui seraient payés *dix escus et cinq florins pièce, oultre ce en quoy elle pourroit estre quottisée pour les frais dudit mystère,* et les commissaires signèrent cette convention.

Mais douze jours après les commissaires se réunissent de nouveau pour constater que les copies du Sr Baptendier *étaient manqués et défaillantz en plusieurs endroits, tellement qu'il auroit esté aduisé et résollu par les ditz commis de retirer de Mme la jugesse de Baptendier, les livres de St. Michel qui sont deuers elle, aux fins de les remettre avec ceux faits par ledit Sr Baptendier entre les mains de noble Jean Loys de la Balme pour les corriger et mettre le tout en bon ordre,* de sorte que les commissaires se rendirent de nouveau chez Mme de Baptendier qui leur remit non-seulement les manuscrits du Mystère appartenant à la ville de St. Michel, au nombre de huit, mais encore ceux de la ville de Grenoble reliés en peau rouge, *pour le tout pariffier,* à titre de *prest,* ou communication.

Le 3 Novembre nous voyons la même commission convenir de faire dresser une autre copie de la 1re journée du mystère, par Me Jean Chabert, moyennant salaire. Il semble toutefois que les commissaires ne purent s'entendre avec Jean Chabert ce jour-là, car le secrétaire de la cité, maitre Jean Marquet, en fut chargé après en avoir débattu et convenu le prix, le jour de la fête de la Conception.

Le samedi suivant. on délibère de demander à Mg^r le Révérendissime évêque de Maurienne et prince, son approbation et l'autorisation de représenter ledit Mystère , au temps qui sera choisi par la commission.

Mais il restait encore à demander licence de Mg^r le gouverneur du Souverain Sénat de Savoie, pour permettre ladite réprésentation, les assemblées nécessaires à cet effet, l'organisation et l'étude des rôles, l'exaction des cotisations ; il fallait obtenir encore des lettres contre les *récusantz à payer la somme à laquelle ilz auront estés taxés, nonobstant toutes oppositions,* etc ; délibération qui fut prise le même jour.

Il fut encore délibéré que l'on ferait appel à la générosité publique pour subvenir à ces dépenses et que les dons volontaires seraient reçus par le secrétaire Marquet.

Le dimanche suivant 1er février 1573, la commission s'assembla encore pour distribuer les rôles de la 1re journée à chacun des acteurs de cette étrange pièce, qui en avaient été requis. Le zèle des commissaires était loin de se refroidir ;

aussi convinrent-ils entre eux de se réunir deux fois par se-
maine, le dimanche et le mercredi, sous peine de six gros
d'amende.

Ils se réunirent en effet en corps au jour désigné et réso-
lurent d'aller, assistés de M. le juge courrier Pierre Rapin,
demander à l'évêque son autorisation de faire les répétitions
dans l'église Notre-Dame. Dans cette séance ils arrêtèrent
encore que le premier versement de la cotisation serait de
ung escu par chaque chef d'hostel, sauf l'avis de l'évêque et
des juges mage et courrier.

Le 15 février, Mg^r Pierre de Lambert, évêque de Maurienne, recevait en son palais les députés des trois-états, pour la
représentation du Mystère, accompagnés de M. Pierre Rapin,
le juge courrier.

Après avoir pris connaissance des préparatifs que ces M M.
avaient déja faits, l'évêque leur accorda gracieusement la permission de faire leurs répétitions dans l'église Notre-Dame,
et les engagea à obtenir des personnages riches de la ville,
qui n'auraient point voulu accepter de jouer un rôle, un
équivalent en argent.

La première répétition du Mystère eut lieu le vendredi,
18 février 1573, dans l'église N.-D. à une heure de l'après-
midi, en présence de toute la commission d'organisation représentant le clergé, la noblesse et le peuple. Le matin même elle avait fait célébrer une grand'messe à six diacres, *avec
aultres prebstres, clercs et enfants de chœur*, qui coûta trente-
sept gros et quart.

On reconnut aussi la nécessité de faire un règlement, et
d'édicter des mesures fiscales pour obtenir le bon ordre de
ces acteurs improvisés, et il fut arrêté que les répétitions
auraient lieu tous les mercredis jusqu'à Pâques et que ceux
qui ne s'y seraient pas rendus à *une heure sonnant*, seraient

frappés d'une amende d'un florin, sauf motifs légitimes.

Il fut interdit aux acteurs de sortir pendant les répétitions.

Cette même peine d'un florin d'amende était la punition de celui qui aurait blasphémé en ce lieu, ou insulté, querellé ou outragé quelqu'un de l'assistance.

L'entrée de l'église Notre-Dame fut interdite à toutes les personnes étrangères à la représentation ; à l'exception toutefois des magistrats, des commissaires et des syndics, à moins de payer en entrant quatre gros de Savoie.

Les personnes étrangères à la ville devaient préalablement obtenir des commissaires la permission d'entrer.

L'acteur qui avaient récité son rôle dans une taverne ou appelé un de ses collègues par son nom de théâtre, était condamné à payer un teston.

Le produit de ces amendes devait être réparti entre les pauvres et les frais du Mystère.

Ce règlement fut lu et publié dans l'église, devant l'autel des saints Crépin et Crépinien, en présence de M. de Rapin, qui en prit acte ; puis l'on fit l'appel de tous les acteurs, qui déclarèrent y adhérer.

La deuxième répétition eut lieu le mercredi 24 février 1573 ; à la suite de laquelle les commissaires réunis en séance arrêtèrent *qu'aulcung des hystoriens* (acteurs) *ne départira sans leur licence.*

Le jour du mardi-saint, 10 Mars 1573, les personnages les plus distingués de la bonne ville de St. Jean s'étaient réunis pour choisir l'emplacement où l'on devait élever les échafaudages pour la représentation du Mystère. Parmi eux l'on remarquait Messire Jean d'Humbert, docteur en droit, juge-mage pour Son Altesse Mgr le duc de Savoie, au bailliage et principauté de Maurienne, Mre Pierre de Rapin, courrier et juge commun de la cité et ressort de Maurienne, M. Jacques

Cornuti, procureur fiscal pour son Altesse ; Révérends Messires Guillaume de Mareschal de Luciane, Guillaume du Boys chanoines de la cathédrale et commissaires de la part des Seigneurs d'Eglise ; M. Claude Michaëlis, docteur en droit, Jean Amed du Molard, représentants de la noblesse ; Maîtres Mathieu Dapurieulx et Catherin Bertrand représentants de la bourgeoisie et du tiers-état, et encore honnêtes Georges Boissonis et Pierre Richard, modernes syndics et bourgeois de la cité.

Après avoir visité dans les environs les prés et les champs les plus propices pour l'établissement de l'échafaudage et entr'autres le pré de feu Pierre Giroulȝd *au lieu du Clappey ou l'on ha aultrefoys représenté le mistère de la Passion, le pré d'Amed Vallet ou l'on soloit tenir l'escolle*, etc. ; la commission vint au pré de l'évêque, au pied duquel il fut décidé qu'on établirait *l'échafaud et plancheiement* nécessaires, sauf toutefois le bon plaisir de Mgr Pierre de Lambert, évêque de Maurienne, qui, le lendemain, 11 dudit mois de Mars, accorda toute espèce de facilités à cet égard.

Le 24 Mars le règlement fut appliqué à Georges Rapin qui avait manqué à la répétition et dut payer un florin et en outre *fut contraing retenir son roolle.*

Depuis lors jusqu'au milieu du mois de Juillet les répétitions se succèdent presque tous les jours, pour les quatre journées du Mystère ; l'évêque y assiste quelquefois.

Il est à noter que le comité se départit un peu de sa sévérité réglementaire, car le jour de l'Ascension, jeudi 30 Mai 1573, on lut dans l'église cathédrale le factum suivant :

Messieurs,

« Afin que de myeulx en myeulx l'on puisse amyablement
« et de bon cœur poursuivre à la représentation du mistère
« de la Passion Nostre Seigneur les commis ont advisé en-

« tr'eulx que ceulx qui ont incouru les poynes portées par
« les articles jusqu'a présent seront exemptz de les payer,
« et a ceulx qui les ont payé l'argent leur sera rendu pour
« ce que il pourroit estre quilz ont heu jusqua présent
« quelque excuse.

« Et affin que pour l'aduenir personne ne puisse fauldre
« a aussi digne cause lon vous dict et declare que tous ceux
« qui fauldront a lavenir aux resors (répétitions) et s'en
« sortiront avant que le resors soit à therme sans grande
« necessité et ayent au prealable obtenu licence seront con-
« traingz de payer irremissiblement ce que poyne pour ches-
« que foys. »

Le vendredi 17 Juillet 1573, les commissaires représentants des trois-états, sous la présidence de M. Pierre Rapin
se réunissaient en la place de l'officialité de Maurienne et
décidaient que *se feront monstres* c'est-à-dire exhibition ou
promenades de tous les personnages du Mystère *par la ville,
le premier dimanche d'aoust a pied trestons commençant dès
l'esglise de Saint-Jean, a sortir par la maison de la Donne
Matta, (1) sortant du portal d'Arvan, et iront droict par la
grande rue, jusqu'au portal de l'Horme et de la retourneront
dans l'esglise par la petite porte de Mg^r le Révérendissime, par
la porte dessous.*

Rien ne devait être plus curieux à voir que ces personnages travestis plus ou moins historiquement et se promenant
avec la gravité que comporte le sujet, dans les rues étroites
que la bonne ville de St. Jean-de-Maurienne avait à cette époque, au grand ébahissement et édification des gens de tous

---

(1) Faut-il retrouver ici cette dame fondatrice de l'aumône de Pâques ? v.
page 267, vol. 2me des travaux de la Société de Maurienne et Examen des
franchises de St. Genix par P. A. Naz. (Académie de Savoie.)

états à qui l'entrée de l'église avait été interdite pendant les répétitions du Mystère.

Il est probable que la pièce a commencé à être jouée ce même jour premier dimanche du mois d'Août 1573, et qu'elle a continué les dimanches suivants.

Quoiqu'il en ait été, la commission devait régler ses comptes, et il se trouva que M. Michaëlis le trésorier de la noblesse avait dépensé pour les frais de copie et de représentation dudit mystère, au 23 Juillet, la somme de 205 florins sept gros et demi.

Maître Marquet, secrétaire de la cité, qui avait assisté à toutes les séances du comité, et qui a pris note de ses délibérations dans un registre où j'ai puisé les indications qui m'ont servi à rédiger cette étude, posa aussi son compte particulier. Ce compte mentionne le payement que huit citoyens avaient fait par anticipation, à valoir sur la taxe qui leur serait appliquée, pour subvenir aux premières dépenses. D'autre part, M° Marquet présente une note de fournitures, où figurent : *la façon du livre de la seconde journée dudit Mystère, accordé à huit florins sans y comprendre le papier, et une pièce de boys que l'on a faict le pilon de Pilate, quatre florins.*

J'ai encore trouvé la liste de quelques acteurs qui ont accepté des rôles et se sont engagés, sous leur signature, à *s'accoustrer* à leurs dépens. Voici textuellement un de ces engagements, au nombre de vingt-deux, dont les autres varient peu :

Maitre Jaques Boudrey a accepté le roolle de Sathan et a promys se fournir vestements nécessaires pour troys jours en changeant chesque jour vestement nouveau a charge que luy en sera faict un aultant beau que lun des siens a communs despens pour le quattriesme jour et a communs frays.

Signé : Boudrey.

Suivent les engagements et signatures de Boniface Robert; Jehan Dedus teinturier; M° Pierre Brunet; Jean du Noyer, notaire ducal; Claude fils de Jean Bruend; Nicolas Jugliard, marchand; Thibaud Chappella, ou de Capella; Claude Perret; noble Pierre de la Balme; Claude Gros; Claude Fornier, pour Jean son fils; noble Boniface des Costes; Ambroise Mollin; Jean Béraud, prebstre; Adam Chapelle; Jean-Pierre Séchal, (signé Sechalcy); Jean Fabert, prebstre; Pierre Mestrallet; noble Jaque Portier, au nom de Damoyselle Georges de Martin de Serraval; Jeanne veuve de Perronnet Fabvier et enfin Claude Picollet, apothicaire.

On peut voir par cette nomenclature bien incomplète, puisque le Mystère se jouait avec près de quatre-vingt-dix personnages, que la noblesse et le clergé ne dédaignaient pas de se montrer sur la scène avec la bourgeoisie et le tiers-état.

Je n'ai rien pu trouver de plus. Toutefois les notes qui précèdent suffisent pour nous apprendre quel était l'agencement et le système d'organisation de cette curieuse représentation : Obligation pour tous d'y participer, sous peine de contrainte légale, non seulement financièrement, mais encore en payant de leurs personnes, puisque les mendiants seuls en étaient exemptés; entente des trois corps d'état représentés par des députés particuliers, zèle et enthousiasme de certaines personnes des diverses classes de la Société, pour remplir les rôles; mais ce qu'il faut aussi remarquer, c'est la possibilité au XVI° siècle de trouver dans la petite ville semi épiscopale et semi ducale de St. Jean-de-Maurienne, une centaine de personnes suffisamment lettrées pour apprendre un rôle, assez intelligentes pour le jouer passablement, et dont plusieurs assez riches pour se charger des frais des costumes. Or ce fait ne s'est pas présenté en Maurienne, seulement dans la ville de St. Jean, où nous avons vu que déjà avant l'an 1573, le même Mystère de la Passion avait été représenté dans le pré de Pierre Girould, au Clappey; mais encore dans d'autres communes de la Maurienne. à St. Michel par exemple, qui prête les livres du Mystère pour les copier, à Modane, où plusieurs pièces de même nature furent aussi jouées, à Bessans, où j'ai retrouvé une partie des manuscrits du même Mystère, et surtout à Lanslevillard où fut écrit et représenté un autre drame: *La Dioclétiane*, composée par Jacques Scybille qui se qualifie lui-même de *maurianoys*. C'est cet ouvrage inédit et inconnu qui va faire l'objet de l'étude suivante :

La Dioclétiane.

Lanslevillard est une petite commune située dans la vallée de la Haute-Maurienne, au bas du Mont-Cenis. Assise au pied de ces Alpes abruptes qui, sans contrefort aucun, s'élancent d'un seul jet jusqu'aux nues, cette commune contraste par la coquetterie et la fraicheur de ses maisons et de ses verdoyantes pelouses, avec l'effrayante et sauvage majesté des montagnes qui la dominent. Elle se mire dans l'Arc aux eaux vertes et écumantes, qui en divise le hameau principal, le chef-lieu, en deux villages gracieusement construits sur ses rives. Mais déjà à cette hauteur cette rivière qui poudroie ses ondes contre les rochers de son lit, devient quelquefois un torrent furieux qui ravage tout sur ses bords, alors que le vent chaud du Midi, ou les pluies d'été, aux larges gouttes, occasionnent la fonte des neiges alpestres et lui envoient un contingent exagéré pour ses rives. Située à quelques kilomètres de Lanslebourg, on y arrive par un chemin spacieux et commode. La première impression du touriste arrivant pédestrement à Lanslevillard est celle de la surprise qu'il éprouve à y trouver des maisons jouissant en général d'un cachet d'aisance et de propreté qui dénote l'importance que cette bourgade a eue jadis et les soins d'intérieur des bonnes ménagères de l'endroit.

Sur une éminence voisine du principal village et dominant le presbytère tout neuf, se voit une construction carrée sans cachet extérieur mais on y devine une chapelle soit à cause du choix de son emplacement, soit à cause de son orientation. C'est en effet la chapelle de St. Sébastien dont l'intérieur est un vrai joyau de peinture à fresque du XV° ou du XVI° siècle. Je n'entreprendrai pas d'en refaire la description. Une plume plus savante et plus autorisée que la mienne (M. l'archiviste de Jussieu) s'est acquitté du devoir de la signaler à l'attention des archéologues et des antiquaires, il y a déjà quelques années ; et malgré cela, elle parait toujours aussi abandonnée et délabrée que jadis. Un intelligent curé de la paroisse a toutefois fait exécuter les réparations les plus urgentes au toit, dans le but de prévenir l'infiltration des eaux et les funestes dégradations qui en auraient été la conséquence.

Lanslevillard a aussi eu ses illustrations, illustrations modestes et en partie inédites. Au nombre de ses recteurs, outre St. Landry qui est du domaine hagiologique, elle a eu R^d Esprit Combet, à qui l'on doit une histoire ou tableau chronologique des Evêques de Maurienne, manuscrit existant encore aujourd'hui et dans lequel feu M. le chanoine Angley a largement puisé, ainsi que dans l'ouvrage sur le même sujet, aussi manuscrit, de M. le chanoine Damé, pour écrire son histoire du diocèse de Maurienne.

Aujourd'hui, c'est M. l'abbé Vallet Victor, un de mes bons amis, qui est curé de Lanslevillard, et c'est à ses soins obligeants, ainsi qu'à M. le Maire de la commune, Turbil Damien qui n'est pas étranger à la science paléographique et qui continue ainsi les nobles traditions des Turbil, des Platon, des Scybillé ses devanciers, que je dois d'avoir connu la Dioclétiane de Jean Scybillé, dont nous allons nous occuper, et je saisis ici l'occasion de leur adresser mes plus sincères remerciments.

Cette commune a eu parmi les laïques des personnages qui sont dignes d'un grand intérêt, je veux parler de Turbil notaire, natif de cette bourgade et auteur du mystère de St. Sébastien représenté dans la chapelle ou au devant, et dont le manuscrit de la 1re journée a été communiqué à M. François Rabut, ce chercheur infatigable de nos antiquités historiques, littéraires et artistiques, qui l'a publié dans un des volumes de la Société Savoisienne d'Histoire et d'Archéologie de Chambéry, auquel je renvoie le lecteur désireux de connaître cette œuvre curieuse qui est un document de plus pour l'histoire des lettres et de l'art en Maurienne au XVIe siècle.

Les fresques de la chapelle de St. Sébastien reproduites par l'héliogravure seraient un splendide motif d'illustration pour ce Mystère aussi bien que pour l'œuvre capitale dont je vais esquisser à grands traits l'étude de la 1re partie.

A l'époque où les grandes histoires évangéliques avaient pris presque partout une tendance à être reproduites d'une manière dramatique et matérielle et consécutivement aux représentations du Mystère de la Passion, qui paraît avoir été la première production de ce genre, c'est-à-dire postérieurement au XIVe et peut-être même postérieurement au XVe siècle, si l'on en juge par l'écriture des manuscrits qui nous en restent ; à cette époque, dis-je, vivait à Lanslevillard un homme exceptionnellement instruit pour son temps et le milieu dans lequel il était né, cet homme avait nom : Jean Scybillé ou Scybille, et descendait peut-être de cette famille noble du même nom qui habitait Lanslebourg et dont il a été déjà question dans un des volumes publiés par la Société d'histoire et d'archéologie de la Maurienne, ainsi que dans l'Examen des franchises de St. Genix que publiait naguère M. P. Naz dans les volumes de l'Académie de Savoie.

Cette famille aurait aujourd'hui changé de résidence et modifié son nom à travers les siècles ; et on en retrouverait les derniers descendants habitants à Chambéry sous le nom de Sybillat.

Quoiqu'il en soit, nous ne savons rien de plus sur ce Jean Scybillé, si ce n'est ce que la tradition en a conservé.

Or la tradition de Lanslevillard en a conservé ceci : que ce Jean Scybillé est l'auteur d'une pièce dramatique religieuse, qui a été représentée à une époque lointaine, probablement aussi dans la chapelle de ce St. Sébastien qui en est un des principaux héros, et que cette pièce avait nom : La Dioclétiane.

Un fait important qui vient confirmer ces données de la tradition populaire, c'est l'inscription suivante du titre du premier des trois cahiers manuscrits de cette Dioclétiane que j'ai été assez heureux pour retrouver : Première partie de la Dioclétiane de Jean Sc...... maurianoys. L'humidité du lieu où a été conservé, ou plutôt négligé ce volume, ou bien une gouttière malencontreuse, a dévoré le reste du nom patronymique, mais on trouve répété sur le premier feuillet de ce cahier le monogramme J. S. en lettres accolées de la fin du XV° siècle, et à la suite de la nomenclature des personnages de la pièce.

Je crois que l'identité de l'auteur est ainsi suffisamment établie, ainsi que sa nationalité toute mauriennaise, dont il se prévalait lui-même.

Je crois aussi que ce manuscrit est unique ; car c'est en vain que j'ai cherché dans les catalogues des livres rares, et les bulletins que publie la librairie ancienne de Claudin, ainsi que dans le Manuel des libraires de Brunet, nulle part je n'ai trouvé la mention d'aucune œuvre de ce genre ; elle est donc bien unique, inédite et inconnue jusqu'à ce jour.

Je n'entreprendrai pas d'en faire l'éloge à aucun point de vue, mais j'essaierai d'en analyser succintement le 1ᵉʳ cahier, soit la 1ʳᵉ journée, si le savant auditoire devant lequel j'ai l'honneur de parler veut bien me continuer sa bienveillante attention et me pardonner mon inexpérience de ces choses.

La Dioclétiane est écrite sur trois cahiers contenant ensemble trois-cent-soixante-douze feuillets, soit sept-cent quarante-quatre pages ; l'écriture paraît être du milieu du XVIᵉ siècle ; elle est grande, nettement articulée, et on n'y trouve presque pas d'abréviations ; elle est plus petite, plus serrée mais toujours correcte dans les prologues, les arguments et les sommaires des actes. Des notes marginales indiquent les changements de rôles, de décor, et les diverses manœuvres des acteurs.

Contrairement au Mystère de la Passion de N.-S.-Jésus-Christ qui n'est divisé qu'en quatre Journées, la Dioclétiane est divisée en actes et en scènes, avec des arguments ou prologues en tête des actes. Toutefois il est permis de supposer, vu sa longueur, que la Dioclétiane se jouait aussi en plusieurs journées comme le Mystère de la Passion. On y remarque, comme dans toutes les œuvres de ce genre des longueurs et des répétitions quelquefois fastidieuses.

Les vers en sont alternativement de huit, dix et douze syllabes ; le nombre des acteurs ou personnages s'élève au chiffre de quatre-vingt-neuf, que l'on peut diviser en trois catégories distinctes, savoir :

1°. Les bons esprits ou la Cour Céleste, où se trouvent Dieu le père, Jésus-Christ, la Vierge, des anges, des âmes de saints.

2°. La Diablerie où l'on trouve Lucifer, Satan, Pluton, Mégère, Cerbère, etc.

3°. Enfin, Dioclétien et Maximien, empereurs de Rome, le gouverneur de la ville, de nombreux chrétiens persécutés, avec leurs familles, des *tirantz* (bourreaux) et tous les gens de haute et basse justice de la Rome de ces temps.

Le 1er cahier contient cinq actes et quatre scènes et commence d'une façon on ne peut plus dramatique ; c'est l'invocation de Lucifer à tous les Diables de l'enfer de s'allier pour tenter les empereurs romains et les engager à persécuter les chrétiens ; invocation que je vais citer :

LUCIFER

Demons Demons sortes je vous appelle
Braue Satan et toutte ta sequelle
Leuiatan Astarot Belial
Venes venes au conseil general
Venes ouyr mes propositions
Car j'ay besoin de vous opinions
Venes sortes de vostre ardante forge
Jaictes le feu infernal par la gorge

SATAN

Que cries-tu vieulx diable enrhume
Ne ta ton pas asses examine
Dedans le feu que veux tu dauantage
Cest que tu veulx entreprendre de mal

LUCIFER

Je veulx tenir ung conseil general
Pour amener tout le monde avec nous
Sy nous pouuons venes venes donc tous
Petitz et grandz a ce conseil utille

Pluto

Jopineray par science subtille
     etc.   etc.

Puis le dialogue continue ainsi entre les diables, jusqu'à la fin de cette scène, d'une façon très drôlatique.

Je me permettrai de citer encore le monologue, ou plutôt l'invocation ou prière de Dioclétien au Soleil, sous le mythe de Phébus.

Diocletian

Soyton (1) le blond phebus (qui) (2) de sa torche voysine
 Les indiens perleurs au mattin illumine
Soyton son char (qui) lasse de la course du jour
 Quicte a la nuict le ciel qui commence son tour
Soyton la mer glassierre (qui) en cristal se resserre
Soyton le chaut (qui) rostit lestomac de la terre
Ma puyssance en redouble il ny a si grand roy
Qui au cœur ne fremisse oyant parler de moy
 Les gauloys qui jadis venoient au tybre boyre
Ont veu boyre soubz moi les romains dedans loyre (Loire)
Et les germains affreux nes au mestier de mars
Ont veu couller le rein (Rhin) dessoubz mes estendars
Les tritons enfermes au royaulme liquide
Du marinier neptune ont pris de moy la bride
Prosternez a nous piedz les thebeens loingtains
Les mores desloyaulx les numides soudains
Ceulx que l'euffratte ondoye et les peuples farouches
Que reçoipuent le nyl degorgeant par sept bouches
Ont fleschy dessoubz moy mesmes ceste cite (Rome)

---

(1) Soyton, pour souhaitons le bonjour, saluons.
(2) On remarque ici seulement plusieurs élisions du pronom relatif: qui.

Que presque l'uniuers tient en captiuité
Ploye dessoubz ma force et sous mon diademe
Adorant ma grandeur comme essence supreme
Car je suis demy dieu et celluy qui nauroyt
Voulloir de madorer ma rigueur sentiroyt
Et de mesme façon je veux qu'on vous honore
Puyssant Maximian et que l'on vous adore
Car nous sommes égaux au pouuoir des grands dieux.

MAXIMIAN

Tres puissant empereur monarque glorieux
Je scay de tous muttins punir la felonye
Ma rigoreuse main les rebelles manie
Par les nerfz quand je veux de ce bras qui peut tout
Jescrolle les angons qui se treuuent a ce tout
Plusieurs ont ja senty mon rigoureulx pouuoyr

DIOCLETIAN

Pour me fere adorer je me veulx emouuoyr
Car je suis de ce rond la rondelle et le fort
Qui pour le deballer seroys bien asses fort
Et egal aulx grandz dieux qui mont donne pouuoyr
Dempescher sy je veux quil ne puisse pleuuoir etc.

Ensuite les gens de Dioclétien viennent apposer les statues des dieux de l'antique Rome à tous les carrefours, et persécutent les chrétiens qui refusent de se découvrir et de les adorer.

St. Sébastien, capitaine narbonnais, y joue un rôle considérable. Dans les actes suivants Marc et Marcellin, fils du sénateur romain Tranquilin, sont jetés en prison et condamnés à mort, s'ils ne renoncent à leur foi chrétienne dans un délai fixé.

C'est en vain que leur père leur envoie leurs épouses et leurs enfants éplorés pour les décider à abjurer.

Sébastien en grand costume de capitaine romain se présente seul sur le théâtre, et fait une ardente prière. A cette invocation apparaissent Dieu le Père, Jésus-Christ, la vierge Marie, accompagnés de plusieurs anges, pendant que Tranquilin se fait ouvrir les portes de la prison.

L'entretien des jeunes néophytes avec leur famille est des plus pathétiques ; mais leur foi reste inébranlable, Sébastien fait une nouvelle prière à la suite de laquelle les anges le révêtent d'une robe blanche apportée du ciel, pendant que Satan dans un coin du théâtre pousse des imprécations au milieu des flammes.

Cependant, Castorie, épouse de Tranquilin, recouvre tout-à-coup la vue qu'elle avait perdue depuis longtemps. Ce miracle amène naturellement la conversion de toute la famille et du greffier Nycostrat.

Dans le quatrième acte, de nombreuses guérisons miraculeuses font de nouveaux adeptes, mais la diablerie n'y est jamais oubliée, et rien n'est curieux comme de voir les efforts inutiles des démons et des diablesses pour ramener les premiers chrétiens au paganisme.

L'action se passe ensuite dans les catacombes, où se faufile un faux frère, un traitre qui les dénoncera plus tard ; des guérisons sont encore opérées sur la scène et le 1er cahier se termine par le martyre de St. Pancrace et le combat de l'archange St. Michel avec Satan qui est précipité dans les enfers par son vainqueur.

Je m'arrêterai ici dans la crainte d'abuser de votre patien-

ce, et me réservant d'étudier plus tard le reste de cette Dioclétiane.

J'ajouterai toutefois quelques mots au sujet de la disposition de la scène. Les personnes qui ont vu les portails de
Notre Dame de Paris, de la cathédrale de Bourges, et celui
de l'église de Berne, ont remarqué les nombreuses figures
sculptées dans la pierre, qui en ornent le linteau. A N.-D.
de Paris notamment et à Bourges, ces figures sont réparties
en trois étages superposés. A l'étage le plus élevé, on voit
Dieu le Père environné des principaux saints de la cour céleste ; c'est le ciel. La division centrale est mi partie : à droite
d'un ange, qui les sépare, on voit les élus, à gauche, les ré-
prouvés ; les premiers faciles à reconnaître à leurs visages
élevés vers les cieux, les autres, sous des formes plus ou
moins hideuses, représentant aussi les vices, sont enchaînés
d'une même corde. A l'étage inférieur, c'est-à-dire immédia-
tement au-dessus de l'architrave, sont les morts qui se lèvent
au son de la trompette de l'ange qui occupe un des coins de
cette scène de pierre.

Telle devait être aussi la disposition de la triple scène de
la Dioclétiane, et des mystères de la passion, autant qu'on
en peut inférer de quelques indications fournies par les notes
marginales de ces curieuses pièces de théâtre.

Au-dessus le Ciel, et ses heureux habitants, au milieu, la
terre, où se dénoue l'action principale, et enfin au-dessous
l'enfer, les flammes et la diablerie.

ESSAI ANALYTIQUE
SUR LES FRANCHISES INÉDITES
DE LA MAURIENNE

LECTURE FAITE
AU PREMIER CONGRÈS
DES SOCIÉTÉS SAVANTES
DE LA SAVOIE

le 12 et le 13 Août 1878

A St-JEAN-DE-MAURIENNE

PAR Florimond TRUCHET, PHARMACIEN

Archiviste de la Société d'histoire et d'archéologie de la Maurienne

---

Recueillir et publier des documents authentiques pour servir à écrire l'histoire vraie de notre pays de Maurienne : tel est le but modeste auquel nous aspirons, dans l'espoir de sauver ainsi de la destruction quelques uns de ces titres précieux dont l'étude peut jeter un jour nouveau sur des faits incertains ou mal connus jusqu'ici. Les franchises accordées à une province, à une ville, à une commune sont extrêmement précieuses à cet égard.

Pénétrée de leur importance, la Société d'histoire et d'archéologie a déjà accueilli dans ses bulletins un document où sont contenues les franchises accordées aux hommes de l'évêché de Maurienne, par leur évêque Aymon II de Miolans, le 17 des kalendes de Mai, en l'an 1312, et le 28 Janvier 1325. Il y est encore fait mention d'autres concessions de priviléges accordés par les évêques Amédée de Savoie, Amblard et Aymon. Un autre *instrument* soit *vidimus* de confirmation de franchises a aussi été publié dans le même recueil (1 vol. p. 397). Les Constitutions du Cardinal de Gorrevod ont été imprimées dans le 7ᵉ vol. des mémoires et documents de la Société savoisienne d'histoire et d'archéologie de Chambéry (Chambéry, Bottero, 1863). Dans le Cartulaire du diocèse de Maurienne publié par l'Académie de Savoie, il a aussi été publié des franchises accordées à la paroisse de St. Julien par Amédée VII, ainsi qu'une ratification, par Amédée VIII, de celles accordées aux serfs de l'évêché de Maurienne par leurs évêques.

Voilà quels sont, à ce jour, à notre connaissance, avec ceux dont nous allons esquisser l'analyse à grands traits, les titres constitutifs de la Maurienne.

Nous espérons en trouver encore d'autres inédits que nous livrerons à la publicité, et à cet effet nous faisons appel à toutes les personnes de bonne volonté qui voudraient bien nous communiquer les vieux papiers et parchemins écrits, soit en langue française ancienne, soit en langue latine, illisibles pour beaucoup d'entr'elles, et qui se trouvent en leur possession.

Les archives des communes, des fabriques et des hospices sont souvent riches de ces documents qui restent enfouis sous la poussière du temps, lorsqu'ils ne sont pas détruits par l'humidité, ou par ces rongeurs immondes « qui se font savants jusqu'aux dents, » ou bien encore pour des raisons mesquines, je dirai presque « sacriléges » d'économie domestique.

Les limites étroites de notre cadre ne nous permettent pas d'entrer dans l'intéressant examen des causes qui ont amené les Seigneurs à accorder des franchises à leurs peuples et ceux-ci à les demander, ou à les acheter, ou bien encore quelquefois à les exiger violemment.

Nous avons pensé qu'il serait à propos de mettre aussi au nombre des franchises les Doléances qui étaient présentées aux Ducs souverains lors de la tenue des trois-états, parce que plusieurs des chapitres de ces doléances ne sont que des réclamations ou des plaintes concernant l'inobservation des concessions ou privilèges accordés antérieurement par les prédécesseurs des Ducs et des évêques de l'époque, et aussi parce que chacune de ces demandes est ordinairement suivie d'un acquiescement ou d'une promesse, ou de l'indication du statut visé.

Le 11 Août 1391, c'est-à-dire trois mois environ avant sa mort, le Duc de Savoie, Amédée VII, accordait d'importantes franchises à ses terres de Maurienne et notamment aux habitants de St. Michel et de La-Chambre, (Conflans).

Dans le préambule de cet acte il prend en considération les droits aussi élevés que variés, que tous les officiers ou employés, à un titre quelconque, qui occupaient une charge vénale, s'ingéniaient à faire payer au peuple pour s'indemniser de la somme élevée qu'ils avaient dû payer pour l'achat de leur office.

En conséquence, voulant remédier à cet état de choses, il arrête de racheter ces charges à leurs titulaires ; et, à cet effet, après mûre délibération prise avec les prélats, les chevaliers, les professeurs de droit et autres magistrats les plus habiles du pays, et d'autre part l'acceptation des communes, il frappe pendant sept ans les contribuables, de l'impôt d'un florin d'or et un ducat par tête, payables à Noël, les pauvres exceptés, puis il octroie les privilèges suivants.

Comme tous, ou presque tous les documents de ce genre, celui-ci. se fait remarquer par le défaut d'ordre ; les questions administratives y sont enchevêtrées avec les questions politiques et les questions religieuses. etc. Aussi nous allons y jeter un coup d'œil en suivant simplement l'ordre des articles, au nombre de dix-neuf, à mesure qu'ils se présenteront, en n'en mentionnant que l'essence même.

L'art. 1er autorise la formation des conseils municipaux et l'élection du Maire ou Syndic.

L'art. 2, est une exemption pour les orphelins, les veuves et les vieillards, d'être cités hors de leur ressort pour affaires civiles et de suivre le duc à la guerre.

L'art. 3, est l'abolition de tous les impôts autres que celui d'un florin d'or et un ducat, pendant le septennat dont il a été question dans le préambule.

L'art. 4, contient la défense faite aux mistraux de percevoir un sou par livre dans les successions et les transactions.

L'art. 5, a trait à la formation des conseils de famille sous la présidence du juge.

Les art. 6, 7, et 8 limitent à trois ans la durée des charges de chatelain, de vice-chatelain et de clerc des curies ; à un an celle des mistraux ; ils astreignent ces officiers à prêter le serment de respecter les franchises du pays, avant d'entrer en charge.

L'art. 9, a rapport à la perception de divers droits : servis, blés, vins, légumes, dont le chatelain reste responsable.

Les art. 10, 11 et 12, qui sont très-importants, déterminent les cas qui comportent l'arrestation et la détention des fidèles sujets, la faculté de pouvoir fournir caution pour éviter la prison préventive, et la compétence des mistraux en matière civile et en matière criminelle.

L'art. 13, contemple les délits d'usure.

L'art. 14, organise le service de vérification des poids et mesures.

L'art. 15, prononce la prescription Triennale en faveur des tenanciers, après la rédaction des terriers, soit cadastres.

L'art. 16, est une défense faite aux juges de percevoir ou laisser percevoir des droits exagérés sur les pupilles.

L'art. 17, oblige les feudataires comme les bourgeois et communiers à payer l'impôt d'un florin d'or et un ducat pendant le septennat.

L'art. 18, est une confirmation des franchises antérieurement accordées.

L'art. 19, est une défense de pratiquer des saisies avant que les tribunaux aient eu connaissance de l'affaire.

Le 20 Mai 1450, le Duc accordait de nouvelles franchises à son peuple, en confirmant celles qui avaient été obtenues de ses prédécesseurs.

Elles sont datées de Querii (Chieri) et contiennent dix-sept articles, où l'on remarque moins le défaut d'ordre que dans celles qui précèdent.

En effet les dix premiers chapitres ont trait à des questions de jurisprudence, les autres ont rapport à des questions d'administration, de finance, etc.

Ces articles nous donnent une triste idée de ce qu'étaient les juges à cette époque ; car la plupart édictent des mesures restrictives de leurs injustices, de leurs vengeances et de leurs extorsions.

Le coût de ces patentes a été de cent florins de petit poids versés entre les mains de Jacques Megnier, trésorier général.

Le 28 Mai 1465, le bienheureux Amédée VIII, duc de Savoie, confirmait tous les privilégés ci-devant accordés, par de nouvelles patentes datées de Chambéry, sans y rien ajouter, ni diminuer.

Le 9 Août 1499, des doléances étaient adressées au duc Philibert de Savoie, sous le titre suivant : *Doléances et advis que les gueulx, les très humbles et loyaux subgetz de nostre très redoubté Seigneur exposent. etc.,* en vingt-un articles ou chapitres.

Ces doléances sont précédées d'un *Vidimus* signé par M⁰. Claude Bernard, Docteur en droit, juge de Maurienne et de Tarentaise, qui en authentique la copie faite spécialement pour les hommes de la terre de Maurienne. Elles ont été données à Genève.

On y demande que le duc veuille tenir ses audiences comme à l'ordinaire; qu'il ne soit plus nommé de commissions d'enquêtes particulières; que les magistrats qui n'observeront pas fidèlement les statuts soient punis. On y demande encore que les peines corporelles ne soient plus commuées en une amende, qu'il ne soit plus fait d'enquêtes spéciales autres que celles du juge de la localité, Les sujets du Duc le prient très humblement « d'avoir aduertance sus les inqui-
« siteurs de la saincte foy députés *auctoritate apostolica,* (ain-
« sy quilz disent); car de graues abus et de grandes oppres-
« sions se font sur les sujets dudit nostre très redoubté Sei-
« gneur, et pour ce, ainsi que chacun sçait. »

Les tribunaux de l'inquisition qui fonctionnaient sur les terres du Duc, ne paraissent pas avoir jamais traversé la rivière de l'Arc qui séparait les terres du Duc de Savoie de celles de l'évêque prince de Maurienne.

Ils se plaignent encore des « abuz et contenances des pré-
« lats et aultres gens d'esglise qui les font citer en justice à
« leur instance au lieu de demander raison deuant les offi-
« ciers du Duc, ce qui leur occasionne tous les jours des dé-
« penses, de terribles oppressions, œuvres de fait et aultres
« injures à cause des priuilèges du clergié. »

Dans le 10ᵉ chapitre ils prient le duc de ne point exiger

le subside ni augmenter les impôts ordinaires et ce sans remise pour les exacteurs et en en exemptant les pauvres.

Ils demandent la création de la répartition de l'impôt, la liberté du commerce avec les pays voisins, etc. etc. Et en échange ils offrent au prince pour chaque feu quatre florins et demi de Savoye, offre acceptée par le Duc.

Mais de nouvelles Doléances furent encore présentées au Duc Charles III dit le Bon, ou le Malheureux, dans l'assemblée des trois états tenue à Moutiers en Tarentaise le 16 Septembre 1522.

Elles renferment vingt-deux chapitres dans lesquels les sujets du Duc lui demandent de conserver la paix du pays, d'administrer bonne et briève justice, de limiter les fonctions des juges des tribunaux à leur charge, sans leur tolérer autre ingérance, de taxer les droits des chatelains et curiaulx à un quart seulement, d'accorder la prescription triennale pour les servis et d'obliger les exacteurs à en délivrer quittance.

Ils protestent contre les excommunications lancées par le clergé contre les débiteurs et demandent que les affaires de l'église seulement soient connues des juges ecclésiastiques avec défense aux notaires de recevoir aucune soumission ecclésiastique.

Ils demandent encore au Duc de prohiber l'usage de porter des pardons, et qu'il veuille bien tenir alternativement les assemblées des trois-états à St. Jean-de-Maurienne et à Moûtiers ; plus, leur accorder la prescription triennale pour divers subsides ; qu'il ne soit fait montre ni levée de bâtons hormis au mois de Mai ; que les actes passés par les *prebstres notayres* soient entachés de *faulseté*, et enfin que les biens achetés par les *seigneurs d'esglises* soient aussi soumis aux impôts comme les autres biens ruraux.

Les Seigneurs ont aussi à faire leurs doléances et ils protestent contre l'ingérance des Chatelains et procureurs fiscaux dans leurs juridiction et domination particulières.

Les articles qui suivent ont trait à quelques questions de jurisprudence, puis dans le dernier chapitre on accorde audit très redouté Seigneur la redevance de dix florins par feu, sur laquelle on entend que Madame la Duchesse prenne quarante mille florins de petit poids, pour sa bienvenue, autant Monseigneur son frère, et Monseigneur le comte huit mille florins de petit poids, regrettant lesdits sujets de ne pouvoir faire mieux.

Chacun de ces articles est suivi d'un acquiescement ou d'une promesse de prise en considération, ou d'un refus, rédigés avec plus ou moins de clarté et signé : Vuillet.

A la suite de ces doléances, on en trouve d'autres rédigées en latin et qui paraissent être spéciales au pays de Maurienne. Elles n'ont que trois articles. Dans le premier on demande que les sujets du Duc ne puissent être contraints de sortir de leur pays pendant les mois de Juillet, Août et Septembre, ainsi qu'il est de coutume dans les terres de l'évêché de Maurienne dont les gens refusent de communiquer la charte qui consacre ce droit. Le second chapitre est intitulé par erreur à l'original : Troisièmement ; dans ce chapitre les hommes du duc le supplient d'obliger les clavaires et les exacteurs d'indiquer au bas de leurs écritures la somme qu'ils ont perçue, afin de pouvoir réclamer s'il a été perçu de plus.

Et enfin les gens de Modane et de Termignon demandent d'avoir la faculté de rendre les comptes de tutelle et de curatelle par devant un notaire quelconque d'autorité ducale, à l'encontre des prétentions du clerc de la Curie.

Les Etats généraux furent clos le 15 Septembre 1522, et les présentes franchises délivrées le lendemain.

L'ordre chronologique nous amène à placer ici les franchises et confirmations de franchises accordées le 3 Octobre

1373, par Mgr. Pierre de Lambert, évêque de Maurienne.

Les sept premiers articles de cet instrument sont consacrés à l'énumération des franchises, déjà obtenues par les sujets, soit des évêques de Maurienne, soit du Comte Amé de Savoie, dans l'ordre suivant :

1° Aymon évêque de Maurienne, le 17 des kalendes de Mai 1312
2° id. id. id. le 28 Janvier 1325.
3° Malabaïla id. le 9 Juin 1377.
4° Ici sont mentionnées plusieurs franchises sans date et pour mémoire.
5° Amé Comte de Savoie, le 12 Novembre 1407.
6° Louis de Gorrevod, évêque de Maurienne, le 2 Mars 1506.
7° Jean Philibert de Challes, évêque de Maurienne, le 4 février 1544.

Les nouveaux priviléges accordés par Mgr. de Lambert, ont trait au droit de deux gros par livre, pour la vicomté de Maurienne, dans les cas de revestiture. Les sujets de l'évêque avaient demandé que ce droit ne fût pas augmenté, non plus que ceux perçus jusqu'alors, sélon la coutume, par les exacteurs des dimes, (dixmiers), de pouvoir vendre librement leurs marchandises au prix qui leur plairait, etc.

Ils lui avaient encore demandé de leur accorder un an de délai pour s'acquitter des droits des laouds et ventes ; que la taxe des greffiers et des clavaires fût établie sur de nouvelles bases ; qu'au décès d'un notaire ou d'un greffier, ses minutes ou protocolles fussent dans le délai de trois jours déposés chez un autre notaire, et inventoriés, et qu'il fût interdit aux héritiers du défunt de transporter lesdits protocolles hors de la paroisse et du ressort de l'évêché.

Ils s'étaient plaints ensuite de ce que les sergents et les huissiers ne s'acquittaient pas de leurs fonctions dans les délais, ou s'abouchaient avec les parties adverses ; ce à quoi l'évêque remédia à l'instant en prononçant contre l'huissier délinquant une amende de vingt-cinq à cent sols et en le condamnant à six jours de prison.

Enfin l'évêque acquiesça à toutes les demandes contenues dans les onze articles qui composent ces Doléances présentées sous une forme nouvelle, à titre de privilèges, franchises, etc , etc., le tout dans le style diffus et avec les répétitions propres à cette époque.

Ce sont les dernières franchises accordées par les évêques de Maurienne, dont le texte nous soit parvenu. Toutefois nous savons que, outre les franchises générales accordées à tous les sujets de l'évêché par Mg^r Philibert Milliet de Challes, mentionnées ci-devant, et que nous n'avons pas retrouvées, des franchises particulières ont été concédées à certaines communes, entr'autres à St. Julien et à Villargondran. Mg^r de Gorrevod confirma celles de cette dernière commune le 9 Janvier 1513.

Le 29 Janvier 1599, Charles-Emmanuel 1er dit le Grand, accorda à plusieurs communes de l'étape de St. Jean-de-Maurienne l'exemption du payement de la moitié de la dîme du blé qu'elles devaient pour l'année échue et prorogea à six mois le payement de la dite moitié restante, ainsi que celui de la dîme de l'année courante 1599.

Les 18, 19 Mai et 1er Septembre, Charles-Emmanuel accorda de nouvelles exemptions d'impôts ; mais MM. de la Chambre des Comptes de Chambéry firent des difficultés pour l'entérinement des lettres, ce qui en nécessita de nouvelles portant jussion à ladite Chambre de Chambéry d'avoir à les entériner. Ces dernières ont été données à Turin le 7 Octobre 1601.

Le 29 Avril 1634, le duc Victor Amédée, fils du précédent, accorda à la ville de St. Jean l'exemption de toute la taille des maisons, granges et jardins, à titre de don perpétuel.

Ces exemptions ont été en vigueur jusqu'en 1853.

Le 26 Août 1625, le prince Thomas de Savoie, par des lettres-patentes en due forme, procéda à la répartition des trois compagnies de Maurienne à rate de la taille.

Les autres titres d'exemption de taille, impôts, ou services divers que nous connaissons, sont au nombre de douze, tous concédés par les ducs ou les duchesses régentes de Savoie. L'énumération pure et simple en serait fastidieuse. Nous nous réservons d'en publier plus tard *in extenso* le texte, ainsi que celui de toutes les autres franchises inédites dont il vient d'être question, en les accompagnant des notes et éclaircissements que comportent ces documents.

LE THÉATRE EN MAURIENNE AU XVIᵉ SIÈCLE

2.

LE MYSTÈRE

De la Vie de Saint-Martin

Patron de la commune de Saint-Martin-de-la-Porte

Joué en 1565

ÉTUDE ANALYTIQUE

Présentée au 5ᵐᵉ Congrès des Sociétés savantes de la Savoie

Tenu à Aix-les-Bains

Les 25 et 26 Septembre 1882

PAR

FLORIMOND TRUCHET

PHARMACIEN

Secrétaire de la Société d'Histoire et d'Archéologie de la Maurienne.

AIX-LES-BAINS

IMPRIMERIE A. GÉRENTE, RUE DE GENÈVE

1882

Le Théâtre en Maurienne au XVI° siècle (1)

Le Mystère de la vie de Saint Martin,

à Saint-Martin-de-la-Porte.

C'était en 1564, une épidémie terrible qui nous venait de l'Orient, la peste, sévissait en Maurienne.

De nombreuses communes, la ville de Saint-Jean-de-Maurienne (2), entr'autres, étaient envahies, les populations affolées de terreur ne trouvaient de remède plus efficace à opposer au fléau que d'appeler l'intervention cé-

(1) Voir le compte-rendu du 1ᵉʳ congrès des Sociétés savantes de la Savoie, tenu à Saint-Jean-de-Maurienne, les 12 et 13 Août 1878.

(2) L'auteur de cette étude a trouvé à Saint-Jean une pierre tombale en albâtre de la combe des Moulins, où se lit en magnifiques lettres gothiques, l'inscription suivante avec la date de 1565 :

> Icy git renuerse en terre
> Pierre rol bourgeoys de s. iean
> Lequel fonda ce oratoyre
> Sa mort de peste preuoyant
> Vous qui par cy estes passant
> Souvenes vous du trespassə
> Disant pour luy deuotement
> Requiescat in pace.
>
> 1565, 16 may.

leste, aussi les communes firent-t-elles des vœux au moins bizarres. C'est ainsi qu'à cette occasion la commune de Saint-Martin-de-la-Porte, se voyant sur le point d'être atteinte par la contagion, fit le vœu de faire représenter l'année suivante, 1565, le mystère de la vie de Saint-Martin, évêque de Tours, son patron, s'il lui arrivait d'être préservée. Ce mystère est une pièce de théâtre en vers patois et français.

Ce fait n'est pas unique; c'est ensuite d'un vœu engagé dans des circonstances semblables que se joua, et se joue encore aujourd'hui, le mystère ou jeu de la Passion de N. S. Jésus-Christ, à Oberammergau, petite commune de l'Allemagne du Sud.

A défaut d'autres documents qui n'ont pu être trouvés dans les archives de la commune de Saint-Martin, en vain fouillées à cet effet, et à cause de la similitude des circonstances, que le messager de la première journée nous décrit dans son prologue à l'auditoire, avant le lever du rideau du théâtre, il sera peut-être utile de citer, d'après Victor Tissot (1), la vieille chronique conservée aux archives de la commune d'Oberammergau :
« Pour lors il y avait un homme d'ici s'appelant Gaspard
« Schueler, à Eschenlohe, faucheur, icelui avait dit en
« soi-même qu'il voulait s'en retourner au pays dans la
« nuit avant la fête, pour voir une fois, ce que faisaient sa
« femme et ses enfants, si que il retourna à la montagne et

---

(1) Les Prussiens en Allemagne, par V^{ter} Tissot, 34e édition, p. 370.

« entra par où il n'y avait point de garde, sa maison étant
« tout à proximité de la barrière (1). Aussi déjà au lundi,
« il ne fut plus qu'un cadavre, à cause qu'il avait emporté
« avec soi un germe de peste. Et alors du même lundi
« jusqu'à la Saint Simon et Judas, en l'espace donc de
« trente trois jours, sont mortes quatre-vingt-quatre per-
« sonnes. En si piteux cas, s'assemblèrent de la commune,
« six femmes et douze hommes qui firent le vœu de jouer
« la tragédie de la passion, tous les dix ans, et dès ce
« temps, oncques personne n'est plus mort, encore que
« d'aucuns eussent conservé des symptômes de cette
« maladie. »

Revenons à Saint-Martin-de-la-Porte, voici ce que dit
le messager de la première journée :

LE MESSAGER

Celluy-la qui par sa puissance
Crea la mer et terre et cieulx
Vous tienne tous par sa clemence
En sante dehet (2) et joyeux

Par le voloir du roy celeste
Nous punissant de noz peches
Lan passe du mal de la peste
Quelque temps feusmes entaches.

---

(1) Ces gardes et cette barrière étaient probablement un cordon
sanitaire établi pour empêcher la propagation de la peste aux pays
voisins.

(2) *Dehet*, c'est-à-dire allègres et gaillards.

Lors auecques pleurs et angoisses
A Sainct Martin heusmes recours
Le patron de ceste paroisse
Le priant nous donner secours

Et de bon cœur voyames (1) faire
Dedans un an representer
Sa vie et son divin mistere
Si Dieu nous voloit exempter

Dieu tout puissant a sa priere
Print pitie de l'afliction
De son peuple et tira arriere
Ceste mortelle infection

Pourtant sellon nostre promesse
Et pour nous acquitter du veu
Au nom de Dieu hauoir liesse
Vous représenterons le jeu.

Et le mistere de sa vie
En supliant tres humblement
Toute la noble compaignie
Nous ouyr actentivement.

Voilà tout ce que l'on sait de l'histoire d ce poëme dont l'auteur est inconnu. Mais il est évident que celui-ci était savoyard, et très probablement de Saint-Martin-de-la Porte même, car il cite assez fréquemment, en patois du crû surtout dans les rôles de Badin et du Fol, deux des

---

(1) *Voyames* pour vouâmes, fîmes vœu.

personnages de la pièce, des noms de localités situées sur le territoire de cette commune, ou des environs, et des détails de costumes qui y étaient ou y sont encore adoptés.

Ce mystère était joué par soixante-quatorze acteurs de la commune, tous gens de travail et de labeur, ainsi qu'a soin de nous l'apprendre, le messager de la seconde journée, en prenant congé de son auditoire, comme suit :

> Nobles seigneurs nous vous prions
> Pardonner a nostre ignorance
> Et humblement vous mercions
> De vostre benine audience
>
> Presque du jeu toutte la trouppe
> Est gent de travail et labeur
> Et pour aultant si elle se couppe
> Au parler et faict quelque erreur
>
> Vous ne debues pas la reprendre
> Comme feroit un detracteur
> Mais il fault et conuient prendre
> Pour le bon effect le bon cueur.
>
> De cueur parfaict dieu je supplie
> De vous donner contentement
> Et appres la mortelle vie
> Paradis eternellement.

Ce devait être pour ces braves gens un grand travail et aussi une grande dépense que la représentation d'un mystère, si l'on considère la longueur des rôles à apprendre, les répétitions, qui devaient être d'autant plus nombreuses que ces acteurs improvisés n'avaient point l'habitude du théâtre, les pertes de temps qu'elles exigeaient, temps si précieux pour les gens de la campagne, la construction des échaffaudages de la scène, les achats de costumes et de décors, de poudre pour les salves et fusées, de sels minéraux pour les flammes de l'enfer. Il fallait aussi payer les musiciens, joueurs de *flustes et tabourins*, et surtout l'auteur de la pièce et les copistes, car à cette époque il n'y avait pas, que l'on sache, de droit d'auteur.

La représentation avait lieu sur un théâtre préparé à cet effet, au-devant ou à côté de l'église, ainsi que les notes marginales du manuscrit, prescrivant les divers mouvements des acteurs sur la scène, nous l'indiquent. Ces représentations ne pouvaient avoir lieu fréquemment, aussi des milliers de spectateurs y accouraient de tous les pays voisins. Tous les costumes et toutes les conditions sociales s'y coudoyaient, l'aspect seul de cet auditoire varié devait être extrêmement intéressant.

De plus, il est probable qu'en outre des cotisations volontaires, les rôles des acteurs et les dépenses excédantes étaient imposés aux communiers, à prorata de leur fortune ou de leur capacité intellectuelle, sous peine d'amende, si l'on en juge par ce qui se passait à St-Jean-de-Maurienne, pour la représentation du mystère de la *Passion* de N. S.

J.-C. (1). Rabelais, parlant des grandes difficultés que présente un travail ou un ouvrage quelconque cite ce dicton populaire : *C'est la grand diablerie a quatre personnages* (2). Or la diablerie à nombreux personnages n'est pas ce qui manque à notre mystère.

Avant de parler de la pièce proprement dite, il convient d'avertir qu'elle a passé au creuset de la censure, et qu'au bas de la seconde page du manuscrit s'étale l'autorisation suivante, tracée d'une belle et ferme écriture : *Vidi : Jacobus Rapini* (3) *ecclesie maurianensis, canonicus vicarius et officialis,* ce qui nous permettra de ne pas être plus catholique que le pape, et de ne point trouver trop saugrenus les dires de *Badin* et du *Fol,* à qui, en raison de leur qualité de badin et de fou, l'on doit tolérer certaines privautés, qui nous paraissent aujourd'hui, d'une extrême légèreté, mais étaient de mise en ce temps-là.

L'œuvre est divisée en deux journées, et était aussi jouée en deux jours consécutifs ; la première embrasse la vie militaire, la seconde, la vie épiscopale de Saint Martin de Tours.

---

(1) L'auteur de cette analyse a publié déjà sur les *Mystères* en général, et, en particulier, sur celui de la *Passion*, représenté à Saint-Jean-de-Maurienne, et celui de la *Dioclétiane*, représenté à Lanslevillard un travail inséré dans le *Compte-Rendu du Congrès des Sociétés savantes Savoisiennes,* page 71, année 1878.

(2) Gargantua. Ch. IV.

(3) V. l'Histoire généalogique de la famille de Rapin par M. de Cazenove, A. Perrin. Lyon.

Après le prologue du messager de la première journée qui est cité en entier ci-devant, maitre Badin, de son meilleur patois mauriennais, vient nous raconter ses aventures, les désiderata de son imagination sentimentale et ses besoins physiques et gastronomiques. Voici le texte:

Bona dies et bona neez
V fo et u saioz auoez
Sey voz presta le oreilliez
Vos morrey conta de merueilliez.

Jez suy venu da fon despagnyz
On jey una gran campagnyz
Plenta de noiratez petitez
Le qualez porten noez confitez.

Poez cheminan un po ply lez
Jez viu un riu gro come ang lez
V qua on paschet dey rizollez
De gro jambon et de laniolez.

Goliard goliard voz voz lechie
Et ja voz voudria demarchie
En alla migie vostron so
Garda voz ou voz sarey fo.

Lez pre y a dey croez chaton
Arma dey coenna de bacon
Lo qua si to qu'on viu u plan
Vos getton de gro matafan.

Les fillez ley son bin apreysez
Tant amyables et tant corteysez
Quey sen pressa ney sen prie
Y gliz sey leyson vortollie.

Una fillir quey sera bella
Quasy voz fara consclenciz
Prendre de voz una cordella
Encor miu una penitenciz. (1)

Fusset o dinsez en to lua
V gna ley fennez font dey lua
Quey ne voz laisson sens baillie
Rapa dessus luz polallie

Jez un po coeta dalla heyre
Jez pasmoz de la mala sey
S'a mon parla ne volie creyre
Y ney men chault alla o vey.

Ensuite de ces préliminaires commence l'action proprement dite. La scène se passe dans une ville d'Italie, Milan ou Pavie, sous l'empire de Julien l'apostat (2). C'est une conversation entre le vieux tribun militaire Sylvien et son épouse Emilienne, père et mère de Saint Martin qui se désolent de voir leur fils fuir les amusements du monde et l'éclat des honneurs de son rang, pour se complaire dans la solitude et l'humilité. C'est que Martin

---

(1) La pénitence est avec raison ainsi nommée pour désigner une espèce de ceinture-corset rigide que les femmes serraient plus ou moins sur la poitrine au moyen d'un ruban (cordella). Ce vêtement, où plutôt cet instrument de torture, n'est plus porté à Saint-Martin-la-Porte.

(2) D'après Ribadeneira *(Vie des Saints)*, ce serait sous l'empereur Constance et non sous Julien l'apostat que Martin aurait embrassé la carrière des armes.

s'est fait clandestinement catéchumène chrétien, et aspire à se livrer tout entier à la vie religieuse. Cependant un envoyé de l'empereur Jullien qui guerroyait contre Arabus, roi imaginaire des Lybiens (1), vient demander au tribun de rentrer sous les drapeaux. Celui-ci âgé et goutteux donne son page Hydaspe à son fils et les envoie à l'empereur. C'est pendant ce voyage que Martin rencontre un pauvre à qui il fait la charité de la moitié de son manteau.

L'attitude réservée de Martin indispose contre lui l'empereur et les autres soldats, qui le soupçonnent de lâcheté. Cependant il se vante de faire gagner la bataille du lendemain en se mettant aux premières lignes et n'ayant qu'une croix pour toute arme, bien que l'armée de Julien fut déjà amplement pourvue de canonniers, d'artillerie, d'arquebuses et de fusées qui font explosion sur le théâtre.

La scène est ensuite transportée au camp du roi Arabus, puis intervient la diablerie à six personnages et le Fol qui vient sur le théâtre donner la note gaie, par quelques joyeusetés plus ou moins égrillardes.

En effet, le lendemain. Martin invoque le Dieu des chrétiens, qui envoie çà-bas, en toute diligence, des anges pour soutenir l'armée impériale conduite par Martin.

---

(1) Ces Lybiens n'étaient autres que des Allemands (Ribadeneira).

L'armée d'Arabus est renversée, culbutée et mise en fuite,
et du même coup, toutes ses idoles, depuis Mahon jusqu'à Vénus et Jupin, au grand dam de la diablerie vain-
cue.

Martin refuse les récompenses que lui offre l'empereur,
à qui il laisse et recommande son page, puis étant licencié,
il part pour reprendre les pratiques de la vie du chrétien.
Toutefois le saint homme compte sans les embûches du
diable, qui remue les enfers pour lui envoyer un esca-
dron infernal, qui l'assaille en vain pour l'induire a
péché. Martin se rend à Poitiers auprès du saint évêque
Hillaire ; celui-ci l'accueille favorablement, ne tarde pas
à reconnaître ses vertus, et lui confère le sacrement de
l'ordre. Il se passe à cette occasion une scène d'une naï-
veté charmante, entre Martin et le barbier qui lui prati-
que la tonsure.

Martin éprouve le besoin de revoir ses parents ; arrivé
auprès d'eux il convertit un prêtre arien, nommé Porrequin, et sa mère Emilienne : celle-ci part pour finir ses
jours dans un hermitage, mais le vieux tribun Sylvien,
son père, reste inébranlable dans la foi de ses ayeux,
malgré la vue de deux prêtres ariens qui s'entr'egorgent
et sont emportés en enfer par la diablerie.

Enfin, Badin vient clore la première journée par un
boniment en patois du pays, invitant tout l'auditoire
à revenir le lendemain assister à la représentation de la
seconde journée, et lui promettant de lui servir un repas
pantagruélique :

Badin

Messiour per parla de bon sen
Siz voz plet de torna deman
Chaquion ara una creysen
Quey jez fet buta en leuan.

Et arey a vostron gota
Des croset en pasta et u pan
Quey saron siz ben apresta
Quey nen porrey perdre la fan.

Voz arey uncor dauentagioz
Dey callia et de pan en flour
Duez ou trey sortes dey fromagioz
Sey lun e bon l'atro meilliour.

Chasquion ara son pollaton
Rusty dessu son beau tranchiour
De trey en trey son gra chapon
Tratteya comen dey signiour.

Voz berey du vin de la Saulsa
Un chaquion per due ou trey vey
Si per fortuna y avait fauta
Sara voz solet que larey.

La seconde journée commence de même par le prologue du messager reproduit ici textuellement :

Le Createur hault et puissant
Sans lequel nous ne sommes rien
Par sa bonte vous bénissant
Vous comble de tout heur et bien.

Nous vous prions vous arrester
Et tantost choisir vostre place
Si vous gardez de caqueter
Nous feres grand plaisir et grace.

Nostre jeu ne sera pas long
Que deux heures un peu davantage
Sans jaser escoutez-nous donc
Et vous orres qu'on fera rage.

Amans laisses vous amourettes
Cependant que nous jouerons
Femmes laisses voz sornettes
Ce soir nous les escouterons.

Qui plus est pour vous esueiller
Au son de fluste et tabourin
Aubaderons sans sommeillier
Joyeusement jusqu'au matin.

Cependant je vous dis adieu
Et humblement je le supplie
Que tous ceux qui sont en ce lieu
Encore cent ans je voye en vie.

Puis Badin entre en scène avec un autre boniment en patois, de sa façon, mais il est interrompu et s'enfuit effrayé par l'apparition, sur le théâtre, d'une vache furieuse, montée par un diable visible seulement pour le saint homme Martin.

Celui-ci exorcise la vache, et met en fuite le diable au grand ébahissement et édification des villageois. Martin arrive à Tours dont l'évêque vient de mourir, laissant ainsi le champ libre aux ambitions canonicales, notamment du grand vicaire Brice. Calomnié, injurié par ses rivaux et surtout par un certain évêque nommé Défenseur (1), il est soutenu par le saint évêque, Hillaire, de Poitiers. Il obtient la résurrection de Porrequin, prêtre arien, qui avait été touché de la grâce en même temps qu'Emilienne sa mère, et venait de trépasser sans avoir été baptisé.

Sur ces entrefaites l'évêque Défenseur en proie à un mal étrange, se voue à tous les diables, qu'il invoque à grand cris, d'abord en vers de deux syllabes, pour finir par le majestueux alexandrin.

DÉFENSEUR.

Or cours
Accours
Tout peruers
Des enfers
Le Seigneur gouverneur
Vien de bon cœur
Vien bien tout soudain
O diable inhumain
Ores je t'appelle
Aussi ta sequelle
Que voules-vous actendre
Et tardes de me prendre
Venes trestous ensemblement

---

(1) Or celui qui s'opposait le plus à l'élection de Martin était un évêque Défenseur (Rohrbacher).

Et me conduises au torment
De l'enfer qui est perdurable
Sathan sur tous le plus grand diable
Ayes pitié de mes ennuys et maux
Et me conduis aux gouffres infernaux
De bien bon cueur a toi je recommande
Lame et le corps et a la noire bande
Cest trop languy au monde il ny faut plus penser.
Baille moy ce pognard le cœur me veux percer
Venes prendre ce corps tant villain infame
Sathan et le portes au feu avec mon ame.

L'évêque saisit un poignard pour se suicider, mais les diables ne lui en donnent pas le temps et l'escamotent tout vif pour le jeter en pâture à Lucifer. Celui-ci pour récompenser le diable Désespoir qui a fait le coup, lui promet en ces termes une houri sans pareille :

LUCIFER

Je te donray pour ta peine
En mariage une orde vilaine
Sourcière qui na plus de dents
Dont le regard faict peur aux gentz
Quen sa jeunesse en tous bordeaux
Vuidoit les couillons des ribaux
Et puis appres n'estant plus belle
Se fit parfaite maquerelle
Vendant les filles a la guise
Que lon vend daultre marchandise
Veux-tu plus belle récompense

Le grand vicaire Brice qui aspire à la mître, entrave de toutes manières l'élection de saint Martin. Un nouveau miracle, la résurrection d'un enfant, enlève toutes les hésitations et Martin revêt les ornements pontificaux. Cette nouvelle dignité le met aussitôt en butte à toutes les tentations de l'enfer, dont les diables, sous toutes sortes de formes, l'assaillent comme le bon saint Antoine dans la gravure de Callot. Sathan ne craint même pas de se présenter sous des dehors de clinquant en se donnant pour N.-S. Jésus-Christ. Encore un miracle, Martin se rendant à l'église rencontre un pauvre hère se mourant de froid. Il dépêche auprès d'un marchand, son archidiacre ; celui-ci, après avoir débattu le prix, achète un mauvais vêtement ; Martin trouvant que le grand vicaire tarde à revenir, quitte sa propre tunique, dont il revêt le pauvre, et se revêt lui-même de celle que le grand vicaire rapporte. Trop courte, celle-ci lui couvre à peine les genoux et les coudes ; ce que voyant du haut du ciel, le père Eternel expédie les anges Gabriel et Raphaël pour tirer de cette fausse position son fidèle serviteur. Les anges profitent du moment où il élève les bras vers le ciel en disant la messe, pour lui passer des manchettes (avant bras), et entonnent l'hymne *Iste confessor* en produisant une grande lumière.

Puis tout-à-coup, l'auteur du mystère, probablement afin de rompre la monotonie produite sur la scène, par une suite de miracles assez peu variés, y transporte les armées d'Arabus et de Julien, tenant très peu de compte des circonstances de temps et de lieu, non plus que de la vérité historique, car à l'époque de l'épiscopat de saint Martin, Julien l'apostat était mort depuis assez longtemps. Enfin cette exhibition de soldatesque se termine par l'enlèvement d'Arabus et d'un capitaine qui vont rejoindre en enfer, et tout vifs, l'évêque Défenseur.

La mort de saint Martin approche : couché sur la cendre, il est reconforté d'un côté par les anges, tenté, de l'autre, par les esprits infernaux, qui sont encore vaincus en cette occasion et ont le déboire de voir leurs ennemis emporter en paradis l'âme du saint évêque.

Tout n'est pas fini.

Au passage du convoi de saint Martin, deux gueux, l'un aveugle, l'autre contrefait, sont guéris de leur infirmité malgré eux, et pour se consoler de leur malheur, entonnent la chanson suivante :

> Ores il fault qu'allions chantant
> Adieu adieu bellistrerie
> Et a celle plaisante vie
> Que nous auions en te suyuant.
>
> Hélas auec toy viuant
> Au cueur n'auions melanconie
> Et bien peu rarement s'ennuye
> Qui selon tes lois va viuant
>
> Bellistre na aulcunement
> Ni son cueur ny sa fantaisie
> De regret et soucy saisie
> Si le bled est gaste du vent.

> **Le bellistre se rassasie**
> Du bien d'aultruy joyeusement
> Helas helas bellistrerie
> Doulce dame a Dieu te comment (1).
>
> Il nous fauldra dores en auant
> Trauailler comme de Juifs
> Et nous viuions au parauant
> Gayz et fallotz par tous les huys.

Le dernier miracle est la guérison d'un comte de Cornouailles fort riche et lépreux, qui venait exprès intercéder auprès de saint Martin et ne put que baiser son cadavre, ce qui suffit pour le guérir.

Afin de témoigner sa reconnaissance, il fit de suite construire une vaste église dédiée à saint Martin. Enfin la pièce se clôt par le boniment du fol et les adieux du messager que nous avons déjà cités au commencement de cette analyse.

Le manuscrit de ce mystère ne comprend pas moins de cent-vingt feuillets cousus en un gros cahier. Il a été trouvé à St-Martin-la-Porte, par M. le docteur Mottard, qui l'a remis à l'auteur de cette analyse.

L'écriture en est belle, grande, correcte et presque sans abréviation. On y remarque quelques lacunes sans importance. Des feuillets chargés d'une écriture de la même époque, mais non de la même main, y ont été intercalés.

---

(1) Douce dame, je te recommande à Dieu.

On y trouve des vers de toutes mesures, depuis le vers de deux syllabes jusqu'à l'alexandrin et les règles de la prosodie y sont quelquefois violées, avec beaucoup de sans-gêne.

L'auteur de ce mystère ne savait pas encore diviser son œuvre en actes et en scènes. Les changements scéniques y sont indiqués par le mot *pause*, mis en marge, lequel se rencontre à des intervalles fort inégaux et quelquefois sans besoin bien justifié. Le style d'une naïve simplicité ne manque pas toujours de pensées élevées, contrastant avec les drôleries de Badin et du Fol qui servent à les faire ressortir.

En voici un exemple, c'est la réponse de Martin aux exhortations de ses parents qui le sollicitent de tenir un train de vie en rapport avec son rang :

SAINT-MARTIN.

> Vous me venez tous deux reprendre
> D'un cas qui ne dessert blasme
> A vous monsieur et a madame
> La raison je veux declairer
> Helas que nous sert de parer
> Ce corps de riche vestement
> Qui par fortune en ung moment
> D'heure sera mis a lenuers
> Et sera tout mange des vers
> Las si tenions bien la memoire
> Combien fragile et transitoire
> Est cette vie on porroit dire

Quil vault mieux de plorer que rire
Des valletz grande quantité
Signe est certaiŋ de vanité
Du bien dont nous avons grandz souures (1)
Ne vaut-il mieux nourrir les pouures
Qui pour la faim pleurent et crient
Qu'ung tas de valets qui nespient
Qua tromper et robber leur maistre
Monseigneur je ne veux pas estre
Accompagne sinon d'un page
Et vestu de simple equipage.

Ce poëme est un document des plus précieux pour l'histoire des lettres et de l'instruction en Savoie, et notamment en Maurienne au XVI° siècle, si l'on considère que l'auteur était Mauriennais, qu'il devait avoir d'assez vastes connaissances pour écrire ce poëme, en même temps qu'une assez grande facilité de versification. De même les soixante-quatorze acteurs de la pièce devaient nécessairement savoir lire l'écriture manuscrite pour apprendre leurs rôles souvent très longs.

Nous sommes heureux de constater que les œuvres de l'esprit et de l'art étaient déjà, à cette époque, nombreuses en Maurienne, même dans les communes les plus ignorées, qui n'en étaient pas les plus ignorantes.

---

(1) *Souvres,* mot patois venant de *superius* latin, surabondamment.

Il est facile d'établir cette assertion. Toutefois, afin de ne pas faire de répétition, les personnes qui voudraient s'édifier sur ce point pourront se reporter à la première partie de cette étude, publiée dans le compte-rendu des séances du premier congrès des sociétés savantes, tenu à St-Jean-de-Maurienne les 12 et 13 août 1878.

Avant de finir cette analyse, que le cadre restreint d'une lecture au congrès nous oblige à écourter, il convient d'avertir que le patois de la Maurienne en général et celui de la commune de St-Martin en particulier se sont grandement modifiés depuis le xvi° siècle, et tendent à s'enrichir d'une foule de mots français.

La découverte de ce document, en patois et en français, est donc une vraie bonne fortune, d'autant plus que les investigations des savants paraissent se porter sur les origines du théâtre en France, investigations qu'encourageait de toute son autorité M. le Ministre de l'instruction publique, dans son dernier discours au congrès des des Sociétés savantes de la Sorbonne, en 1882, et qu'il indiquait de préférence aux chercheurs dans son programme pour le congrès de 1883.

La Société d'histoire et d'archéologie de Maurienne, voulant aussi apporter sa petite pierre à l'édifice, n'a pas hésité à s'imposer un sacrifice bien lourd pour elle ; elle a voté à l'unanimité l'impression de cet antique poëme, et a le plaisir d'informer les personnes qui composent le Congrès d'Aix, qu'il est sous presse pour paraître dans quelques mois.

N. B. — Depuis que cette communication a été faite au Congrès d'Aix-les-Bains, d'assez nombreux indices, trouvés dans les archives de la ville de Saint-Jean de Maurienne, nous font croire que l'auteur de ce mystère serait Nicolas Martin, auteur de *Noëls et Chansons nouvellement composés tant en vulgaire françois, qu'en savoysien, dit patois,* ou bien noble Baptendier, docteur en droit, lequel, antérieurement, aurait déjà *corrigé et traduit le Mystère de la Passion.* Ils étaient tous les deux de Saint-Jean-de-Maurienne.

Truchet Florimond,

Pharmacien, Secrétaire de la Société d'Histoire et d'Archéologie de Maurienne, Conseiller d'arrondissement, Maire de Saint-Jean-de-Maurienne.